D1557667

Este libro se terminó de imprimir
en el mes de abril de 2018.

# Aquella orilla nuestra

*Para M.,*
*que espera paciente que termine*
*cada libro para acariciar de igual*
*manera mi cuerpo y las palabras.*

Primera edición: abril de 2018

© 2018, Elvira Sastre
© 2018, Penguin Random House Grupo Editorial, S.A.U.
Travessera de Gràcia, 47-49. 08021 Barcelona
© Emba, por las ilustraciones
Diseño de cubierta: Penguin Random House Grupo Editorial / Manuel Esclapez
Ilustración de cubierta: © Emba

Printed in Spain – Impreso en España

ISBN: 978-84-204-8638-3
Depósito legal: B-2.899-2018

Maquetación: Javier Barbado
Impreso en Gráficas 94, S.L.
Sant Quirze del Vallès (Barcelona)

AL 8 6 3 8 3

Penguin
Random House
Grupo Editorial

Elvira Sastre

# Aquella orilla nuestra

Ilustraciones de Emba

**ALFAGUARA**

Maig '18

Somiu!!!

# Aquella orilla nuestra

Hubo un tiempo en el que esperé tanto que me salieron raíces de los dedos de los pies, que seguían en movimiento como pequeños pajaritos atrapados, aunque mis piernas no se movieran. ¿Lo entiendes? Mis pies se encadenaron al suelo como dos esclavos y tuve miedo porque pensé que nunca podría irme de ahí. En ese momento no me importó porque estaba esperando, y uno siempre espera porque quiere y en ningún caso porque no tenga alternativa. Eso pensé: «Estoy aquí porque quiero, estoy aquí quieta, estática, lejos de las ventanas, con hambre y con lluvia a lo lejos, escuchando los sonidos al otro lado; nadie podrá decir que estoy huyendo porque estoy aquí quieta, estática, lejos de las ventanas, al alcance de cualquiera, esperando». Sin embargo, y eso es inevitable cuando uno espera, sentí miedo por no poder irme de allí cuando quisiera. Sentí las raíces apretando mis tobillos. Uno no deja de esperar porque se canse, uno deja de esperar porque cesa el ruido al otro lado y las raíces se secan.

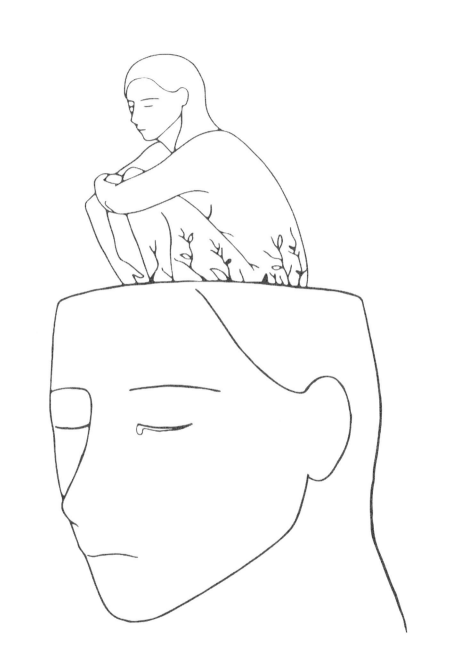

Sólo le pido al silencio
todo el ruido
que una vida sin ti
no me puede dar.

Una vez me enamoré de un animal. Lo amé con
rabia y odio, no lo comprendí, lo quise poseer,
alimentar, acariciar y limar las garras, y al final acabé
odiándolo con amor, entendiéndolo, viendo desde lejos
cómo buscaba restos de otra carne por las noches y con
veinte arañazos en la espalda.
Mi animal me convirtió en animal.

Me di de bruces contra la felicidad y la herida ocupa
ahora toda mi vida.

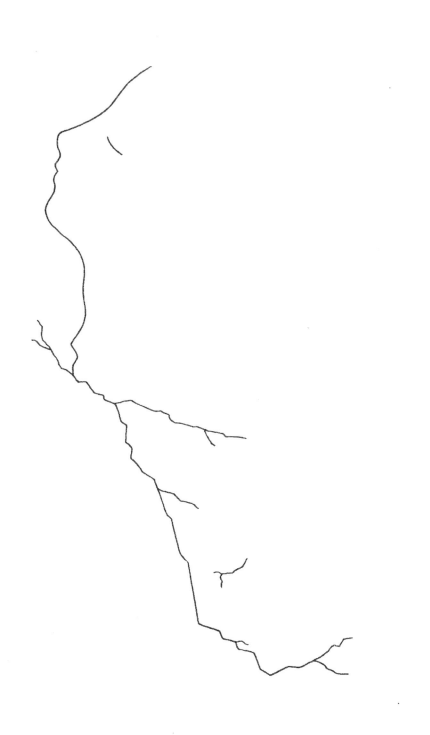

Siempre he defendido el cuerpo como si fuera un recipiente donde debieran tener cabida todas las nostalgias. Siempre he creído que el pasado merece su hueco; en ocasiones me atrevería a decir, incluso, que le debemos un altar al que poder rendir culto cuando se pierde la fe. Siempre he pensado que el único modo de protegernos es exponiéndonos. Siempre he dicho que uno no debe negar la tristeza ni tratar de cambiar los recuerdos porque es importante saber volver. Sin embargo, y guárdame el secreto, por favor, hay momentos minúsculos en los que reconozco que tanto dogma sólo significa, en el fondo, que te echo de menos y que asumo, a través de la palabra, que te voy a echar de menos toda la vida.

Es una suerte que tus lágrimas coincidan con mi sed.

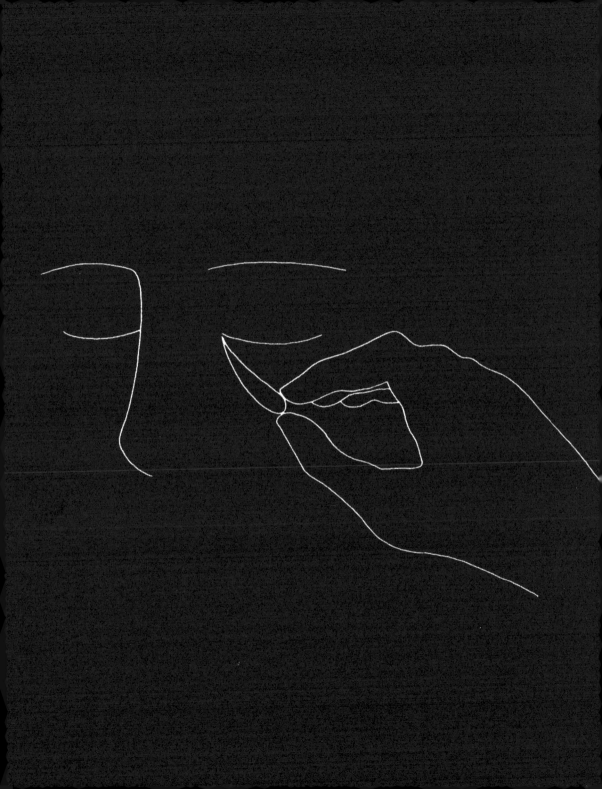

Somos diferentes de una manera necesaria: sólo mi mano derecha cabe en tu mano izquierda.

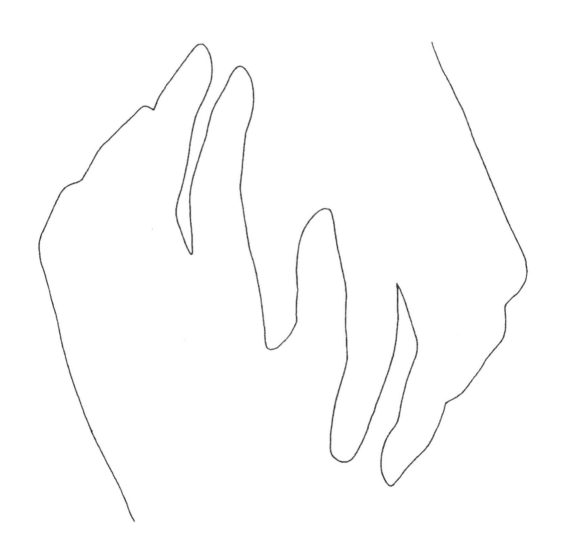

Fueron tus piernas, a veces, una continuación de mi camino.

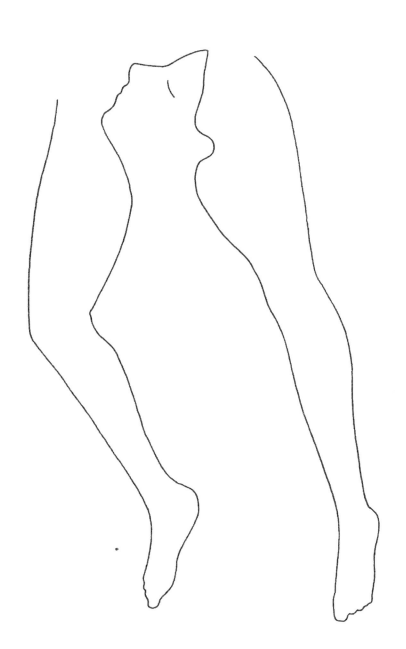

La vida es frágil, sin duda, pero el amor siempre resiste, nunca se rinde, nunca se va. Sólo hay que cambiar los empujones violentos por avances enérgicos, los pasos hacia atrás por impulsos adelante, los hundimientos por nuevos paisajes.

Y eso, que es algo maravilloso, uno lo descubre cuando las grietas se abren.

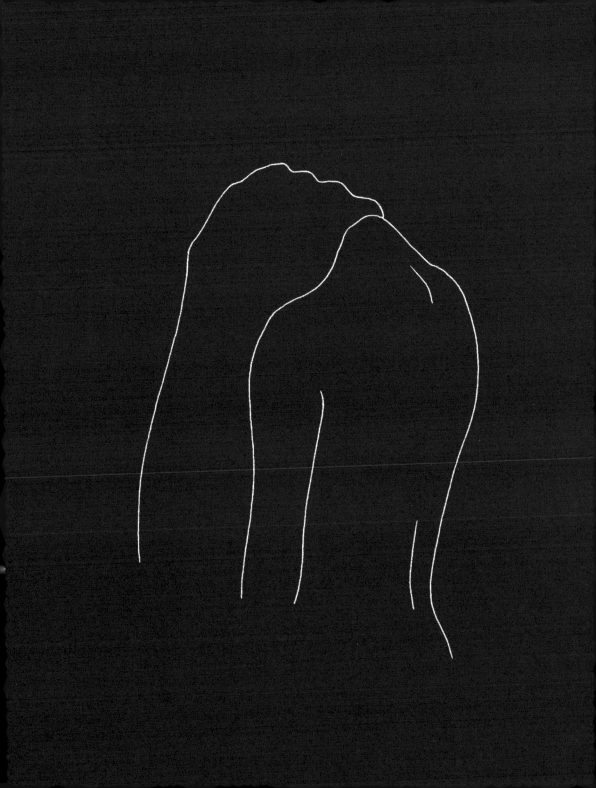

Me costó tan poco quererte que a veces pienso que lo
que viví fue un olvido constante.

Cada paso que te alejas de mí también me aleja de ti.

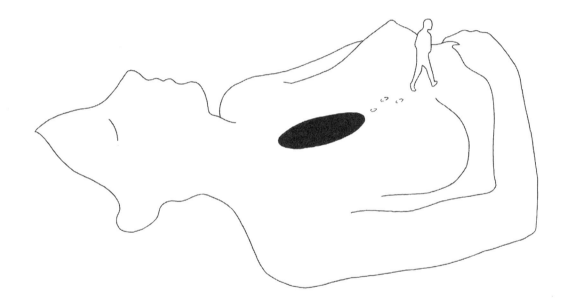

Actúo así ante los miedos: los acepto para restarles importancia. Los hago míos para que no me sorprendan. Sin embargo, ahora tengo temores minúsculos que acarician mi espalda cada vez que me levanto, que no me sueltan los dedos, que reclaman mi atención cuando acaba mi sonrisa. Así que dime tú qué es peor: morir de miedo o vivir con él.

No hay nada peor que estar atrapado entre la distancia
y el olvido.

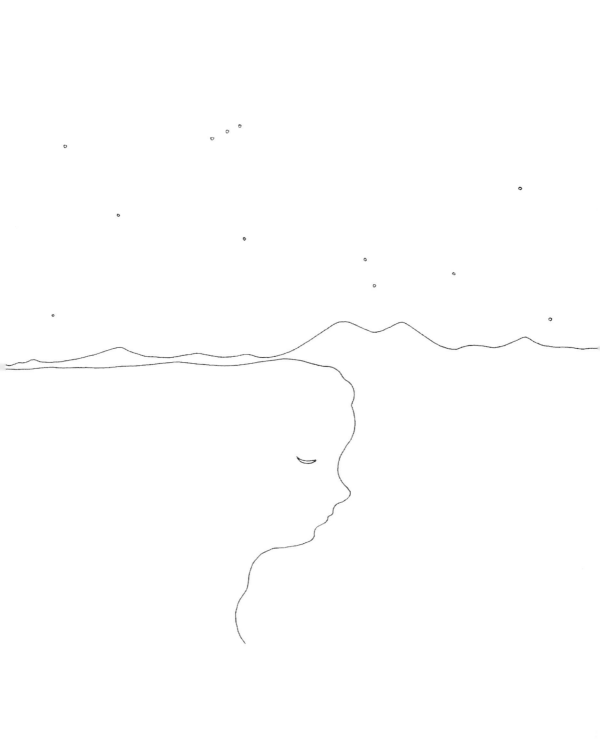

El amor también es eso: lo que un día fue canción, hoy
es silencio.

Quitarse el escudo es el primer paso para ganar una guerra.

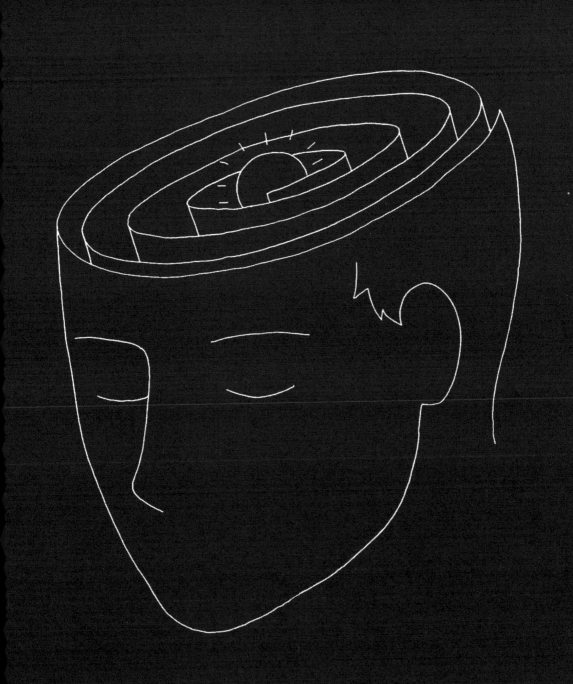

Lo que más me gusta de tu tristeza es lamerte las heridas.

Olvidar es construir un recuerdo sobre lo ya vivido.

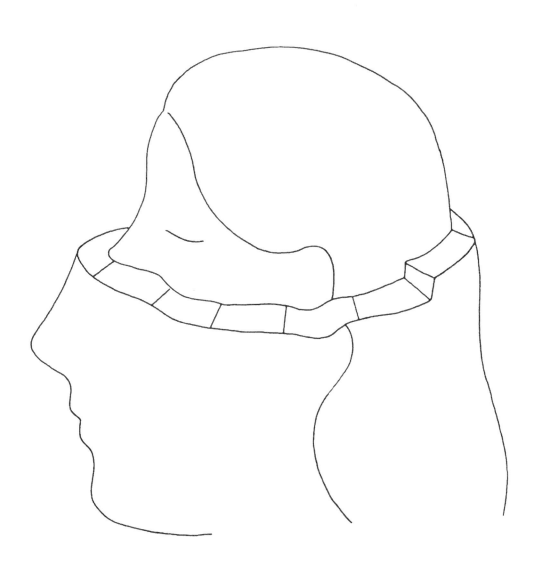

No sé de qué manera mirarte para no verte.

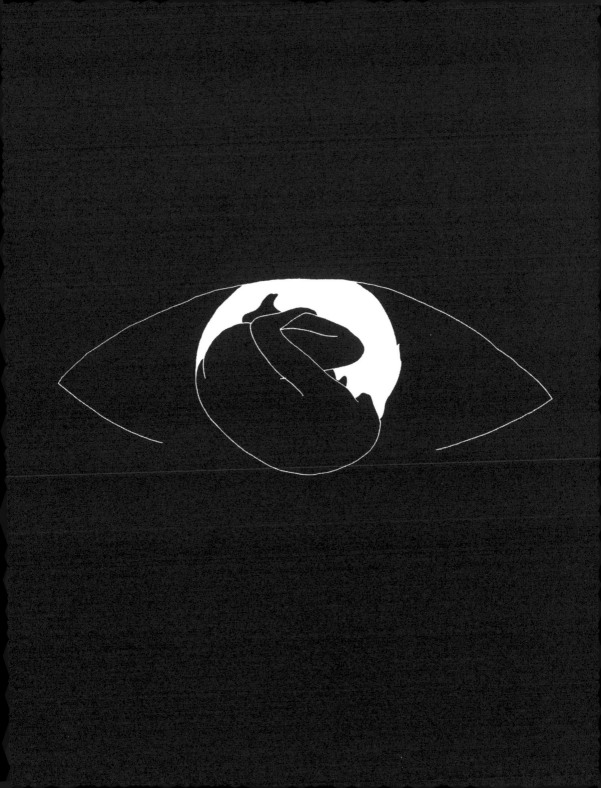

Es fácil:
no me haces olvidar los golpes,
me haces recordar la palabra *caricia*.

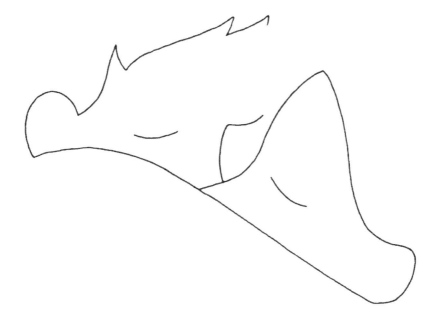

En qué momento se convirtieron todas tus huellas en cicatrices.

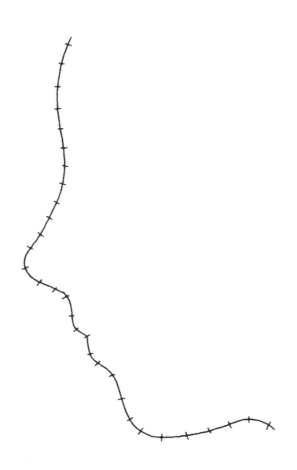

No cargues a nadie con el nombre de tu libertad.
Es un peso demasiado grande y demasiado hermoso
para unos hombros que no sean los tuyos. No dejes
que nadie hable de tus alas si no es para –*fium*– darles
aire. Sólo para eso, ¿vale? Dedica al menos tres veces
al día a contemplar las nubes que hay bajo tus pies.
Esto es importante.
Una vez vi cómo liberaban a un pájaro de su jaula y de
qué manera, trastabillado y torpe, se cayó y tuvieron que
recogerlo y meterlo de nuevo tras los barrotes, donde
pareció por un breve momento que respiró tranquilo.
Fue tristísimo ser testigo de cómo perdió en un instante
aquello para lo que había nacido: el vuelo. Sólo le
quedó, entonces, un miedo disfrazado de consuelo que
no era más que una mano ajena decidiendo la dirección
del viento de su vida. No quiero que pase eso contigo.
No quiero que pase eso conmigo.
Hay demasiados espectáculos grandes y hermosos
en el mundo que necesito contemplar para seguir
encontrando el sentido de muchas otras cosas, pero
no creo que sea capaz de ver cómo te cortas las alas
a ti misma por miedo a lo que hay detrás, debajo o
delante de ti.
Si has nacido para ser libre, pajarito, deja que la
libertad lleve tu nombre.

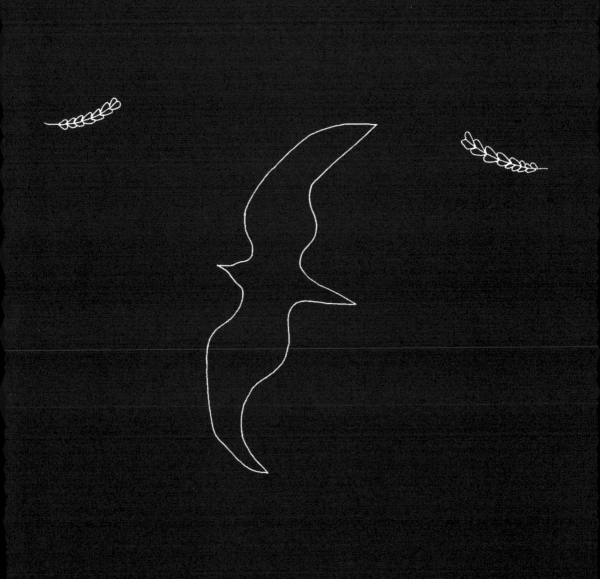

Estoy tan cerca de ti que casi me beso.

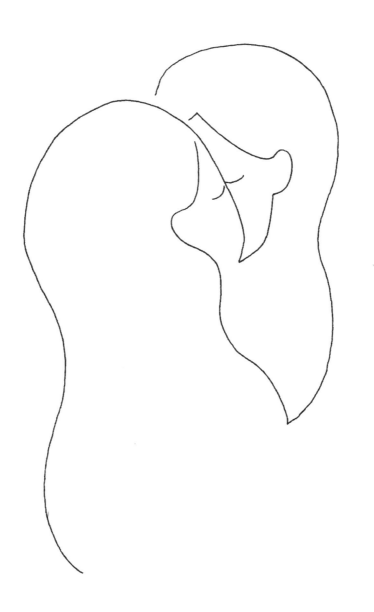

Ojalá no hubieras pasado nunca.
Ojalá te hubieras quedado.

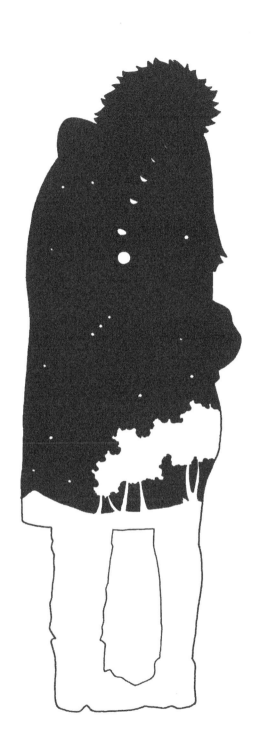

Sé que no es tan difícil. Cuando uno busca algo, lo
que importa no es dónde está, lo importante es verlo.
Para darse cuenta hay que entrecerrar los ojos y mirar
al sol unos cuantos segundos. Después, alcanzarlo no
es más que el proceso, un paseo hasta la puerta. Pero
presta atención: lo que importa es la puerta, siempre.
Quédate con eso.

No te conformes con las ventanas. Siempre hay que ir
a por la puerta.

Uno tiene que buscar siempre lo que le late a la
izquierda a través de las manos, y si se equivoca y el
latido se tropieza y las manos se congelan y de pronto
se descubre diciéndose «no» más de una y más de dos
veces, y entonces, sólo entonces, descubre una ventana,
no pasa nada. No sería desaconsejable, incluso, creerla
puerta durante unos instantes e intentar cruzarla.

No pasa nada, insisto, si no funciona: asómate, disfruta
de las vistas, recupera el aliento, deja que el aire azote
tus manos y sigue buscando tu puerta.

Es la única manera de avanzar y de encontrarse.

Lo otro eran simulacros.
Tú eres el incendio.

Si quieres nos tropezamos y lo llamamos destino.

Vi al viento pasar por delante y te soñé dentro.
Yo siempre he sido feliz a mi manera.

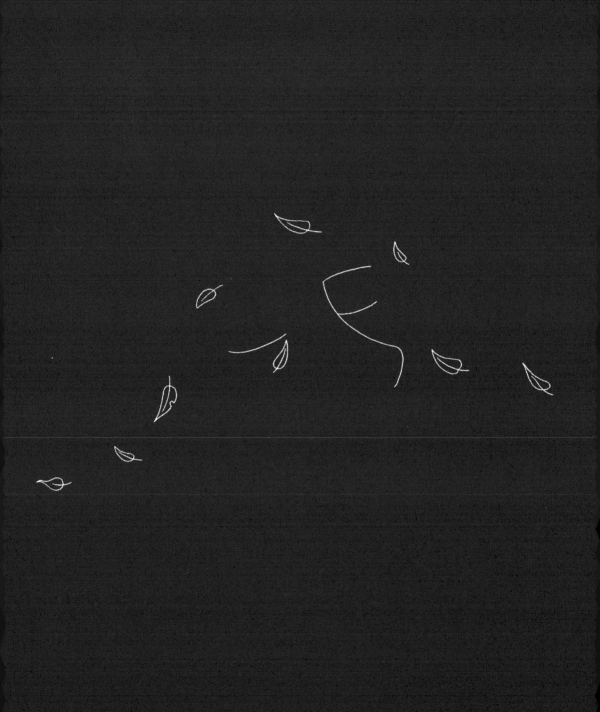

Es tu peso sobre mi cuerpo
la única constancia de que existe algo
más allá de este vacío.

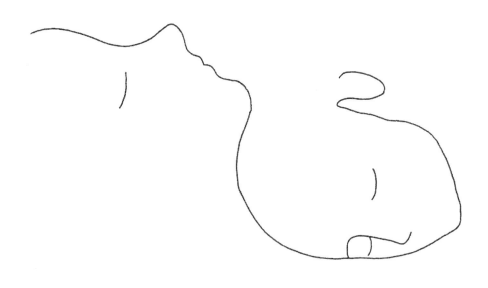

A veces, llorar es otra forma de no ahogarse.

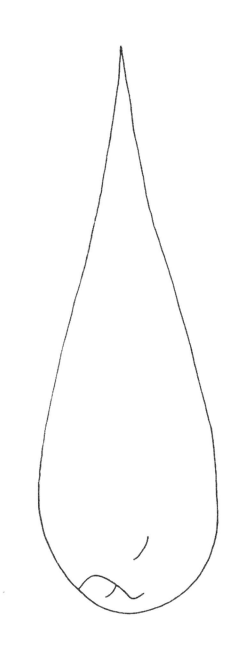

No me siento perdida.
Es sólo que no sé dónde termina el mar que llevo
dentro
y a veces me ahogo.

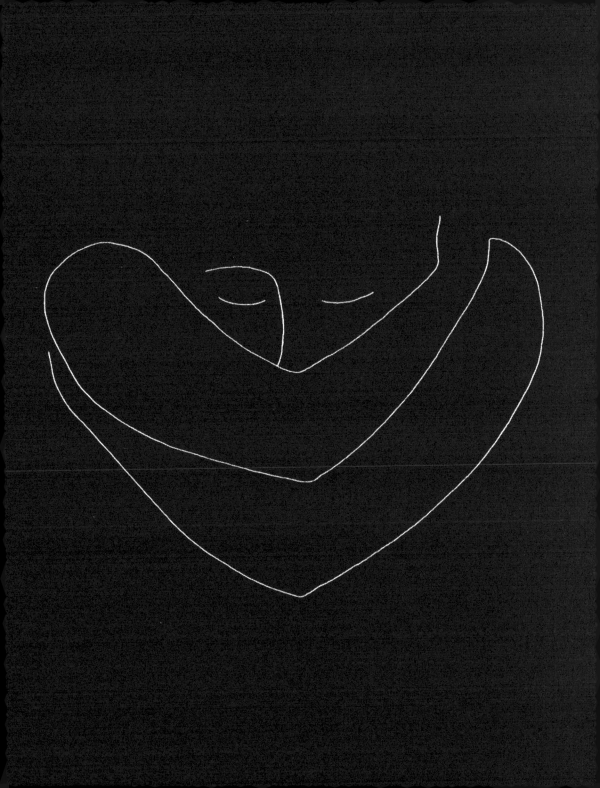

Cada despedida me envejece una vida, me forma
surcos en los dedos y me empuja hacia los lados en un
vaivén que trato de ignorar. Cada despedida, también,
me dibuja un nuevo sol, un sol distinto, armado de
nuevo, capaz de encontrar luz entre todos mis años.
Las despedidas son una salida y he aprendido a no
tenerles miedo, a no evitarlas. Las abrazo como el que
se agarra a un trozo de madera en mitad del océano.
Conozco su significado.
No me da miedo decirte adiós, haberte dicho adiós; lo
que me asusta es no poder hacerlo, no poder haberlo
hecho. Y hoy, después de tantos años, me pregunto
si esta nostalgia, si esa aceptación inevitable, si aquel
silencio ante nuestro auxilio, no es más que mi boca,
tapada por tus manos, suplicando una despedida que
nunca llega, que nunca llegó.

Dormir contigo.

                    Despertar con sueños.

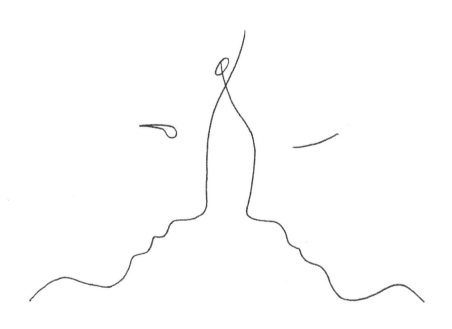

Rechazo el olvido porque estoy hecha de recuerdos,
porque mi memoria me define.

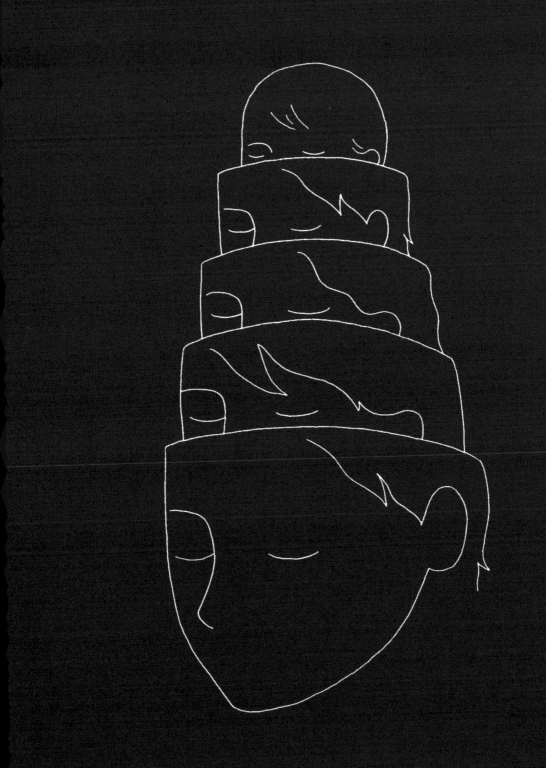

Asumo que no te olvido,
así que ensancho el hueco de mi memoria
y te hago sitio.
Ya que te vas de mis manos,
esconderé las puertas de mis recuerdos
para que no salgas de ellos.

También hay belleza en las olas que te arrastran al fondo del mar.

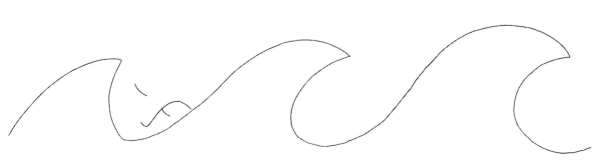

Hacerse mayor es darse cuenta de que nadie tiene el
deber de cargar con tu tristeza.
Sobrevivir es ir creyendo que sí.

Ante el precipicio te arrancaste las alas sólo para
entender el concepto de libertad.

Ojalá nunca me mires como el que de pronto recuerda
algo que se le había olvidado.

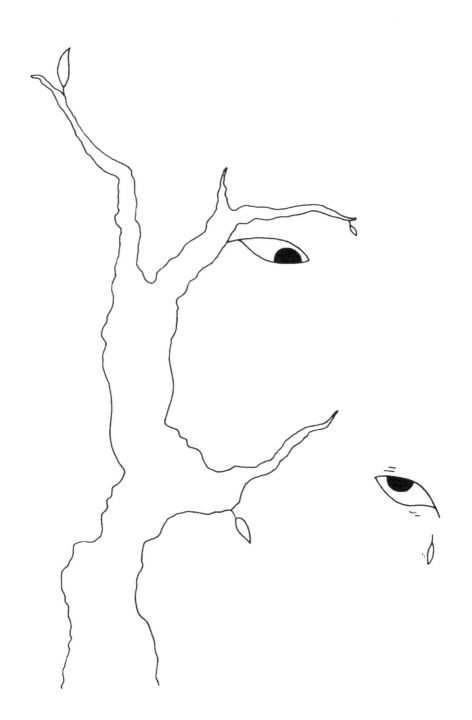

A veces, a mi tristeza se le escapa tu risa y no sé qué hacer con tanta vida.

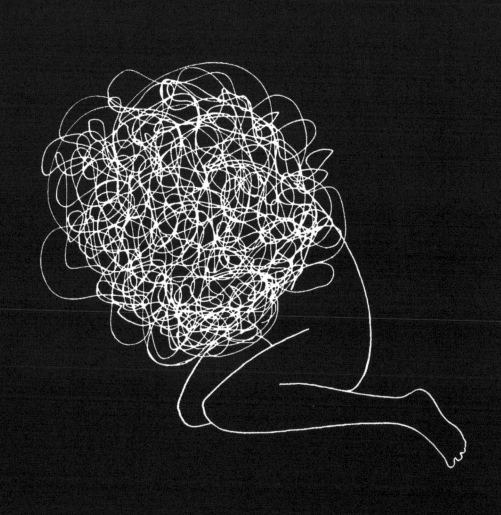

Encontraré en otras guerras la paz que ahora tú me quitas.

Si no es mirar a los pájaros que brotan entre tus
pestañas, yo no sé qué es volar.

Alguien que entienda lo que quiero decir cuando me quedo callada.

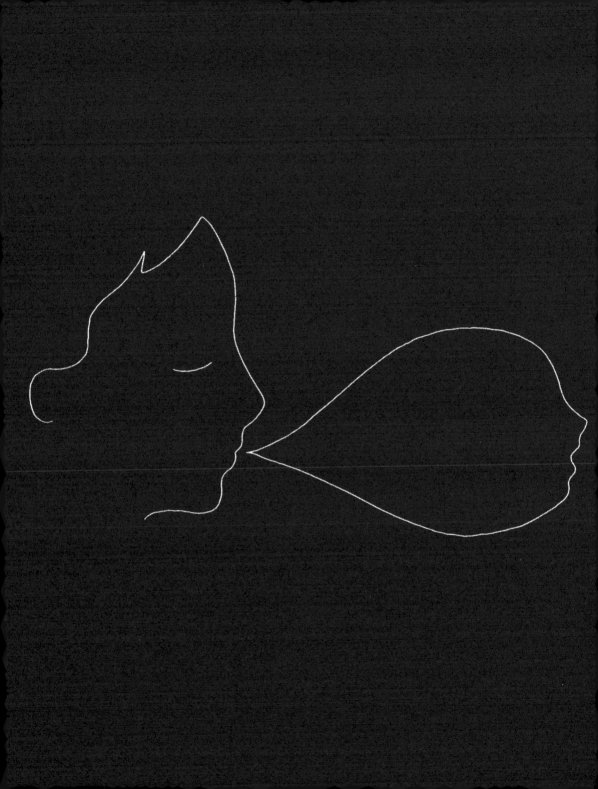

La distancia más larga que existe es de ti a mí.

Estoy tranquila: serás inolvidable.

Envidio desde mis cuerdas la insana libertad de la locura.

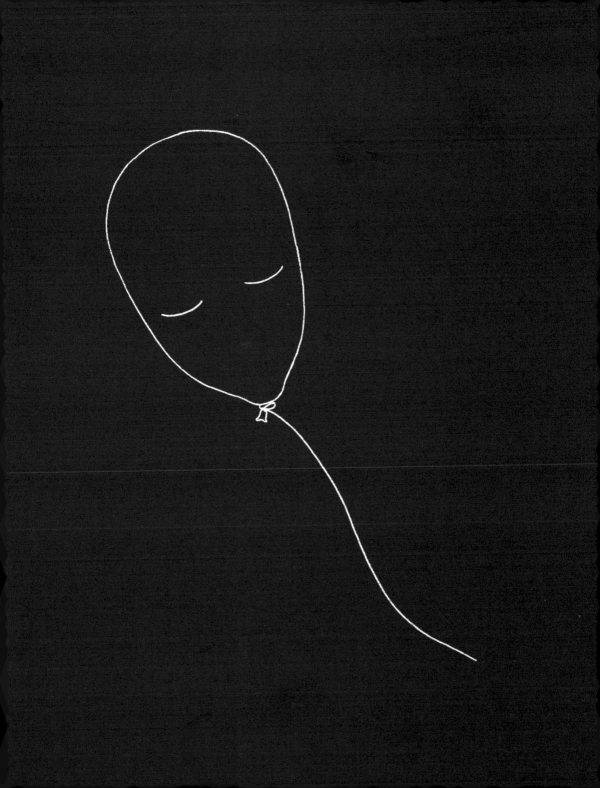

Hay momentos en los que odio a la gente que se ríe,
a la gente que se ríe en un mundo en el que tú ya no
estás. Al rato se me pasa e intento reírme con ellos
porque es mi manera de cuidar a quien me cuida,
y entonces sólo odio que no estés. Después, me
preguntan cómo lo llevo y se me quiebra el cuerpo
entero: es como si estuviera agarrada a una ola muy
fuerte a la que me agarro todavía más fuerte para que
no me lleve. Y no me lleva. Pero acabo empapada.

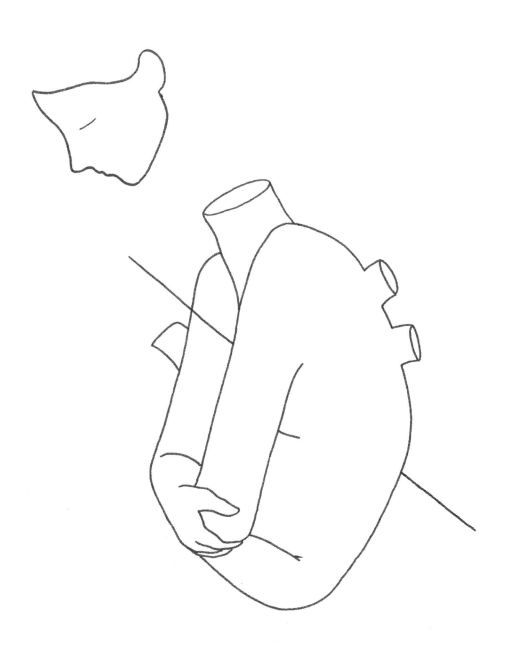

Para el aire eres un suspiro.
Para mí, el viento.

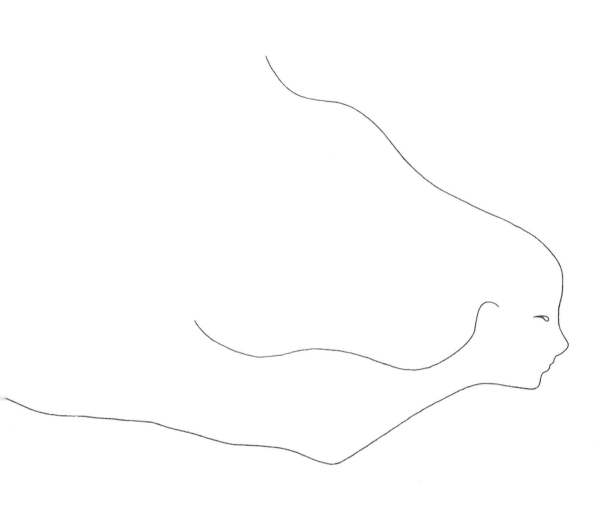

En esa batalla me encuentro cuando no me encuentro. Uno no siempre quiere escuchar lo que necesita, lo que le duele. Uno no siempre quiere tener las herramientas para fabricarse un nuevo cuerpo.

Hay quien deja huella
y hay quien marca el camino.

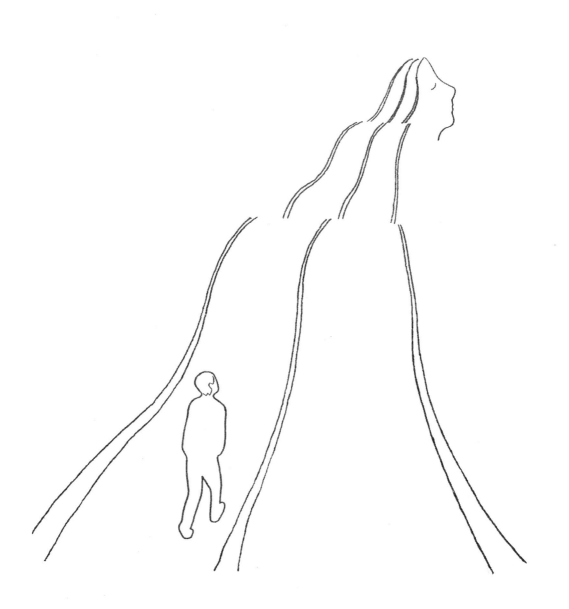

Cuando yo acepte tu diferencia y tú aceptes la mía,
seremos iguales.

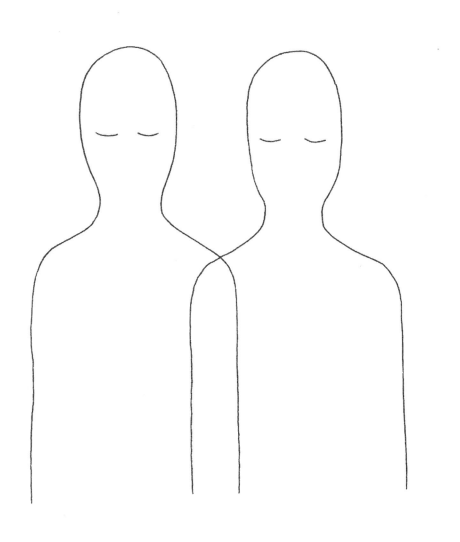

Al irte me diste una de las cosas más valiosas de mi vida: la obligación, por ti, de seguir adelante.

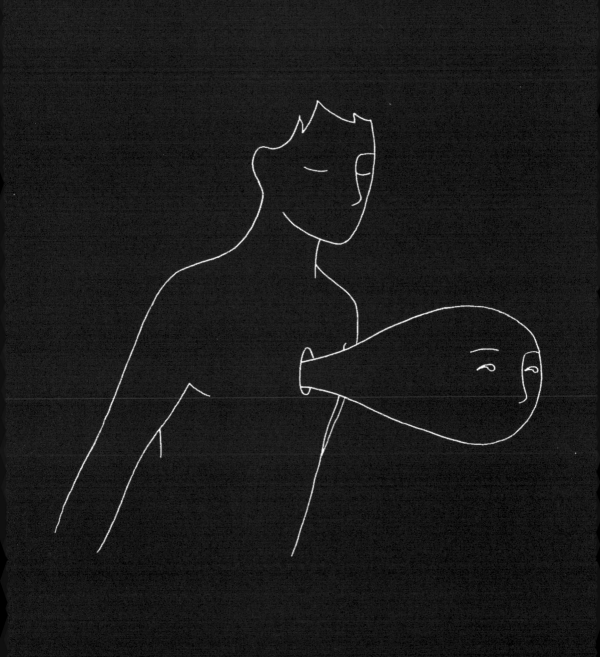

Sólo creo en el dios que habita en el cielo de tu boca.

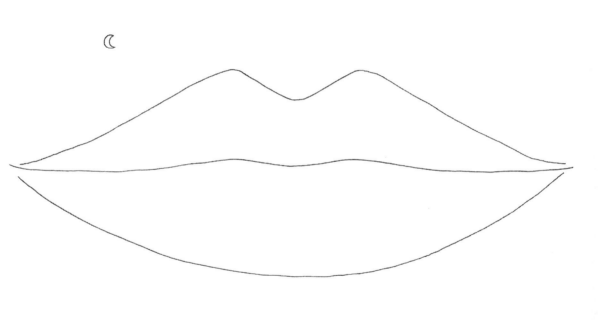

Aún me sigue pesando la mano que ya no me toca.

La diferencia entre caer y volar es hacerlo sobre tus manos.

Existe una jaula minúscula aquí, dentro de todos
nosotros. A veces toma forma de ceño fruncido, de
latido desacompasado. A veces da hambre y otras lo
quita. A veces aparece y se hace con todo lo que tiene
alrededor. Es siempre un ruido, un ruido molesto,
amenazador, violento, agresivo, absolutamente
despreciable, merecedor de todos los odios. Es un
ruido que no cesa.

Existe aquí dentro un lugar del que uno no puede
escapar ni aunque quiera, porque pertenece al cuerpo
como el aire al viento o la savia a los troncos de los
árboles más antiguos. Existe al mismo tiempo dentro
de esa jaula un miedo atronador a no saber abrirla, a
no dejar que la brisa entre allí donde no se la niega, allí
donde se encuentra.

Sólo al final de todos los vientos y al final de todos los
árboles aprende uno a abrirla, y es entonces cuando la
jaula deja de existir (porque una jaula abierta es una
casa) y ese miedo que está dentro se convierte en otra
cosa: en libertad. En ese momento, el ruido se ausenta
y sólo existe el silencio, allí donde no se le niega, allí
donde se encuentra.

Apagaste la noche y encendiste mis ojos.

A tu lado, las estrellas fugaces son eternas.

No te des a quien no sea capaz de recogerte.

¿Dónde estás cuando no pienso en ti?

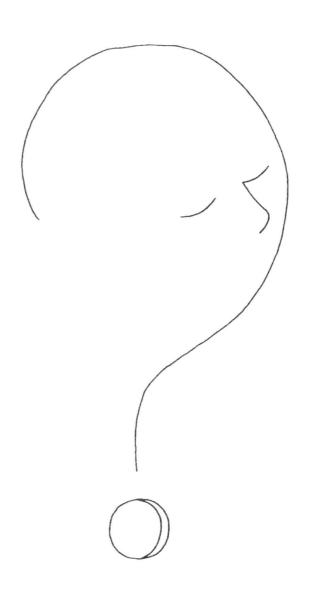

Me gusta cuando te abrazo y te siento viento y me creo pájaro.

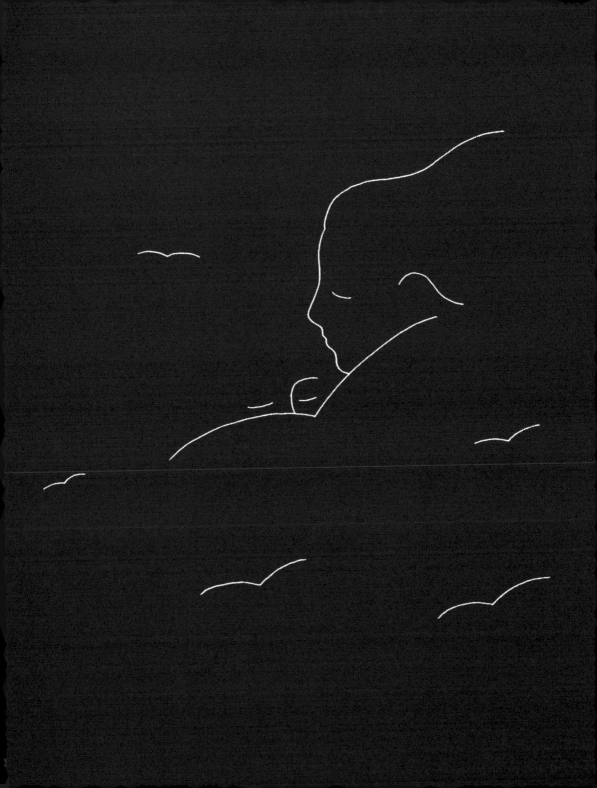

Mantener con vida algo que ya está roto siempre será otra cosa, una versión distinta y también diferente, un consuelo de mentira. Los rotos son eso, cristales. Y sólo pueden hacer daño.

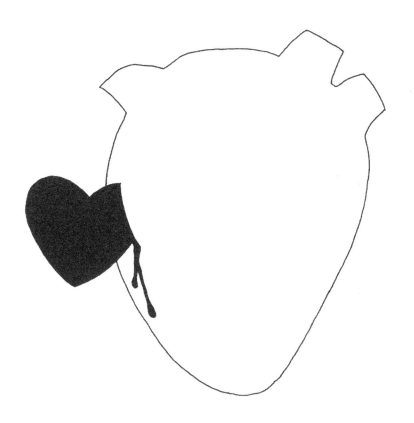

Mi única bandera es una puerta abierta.

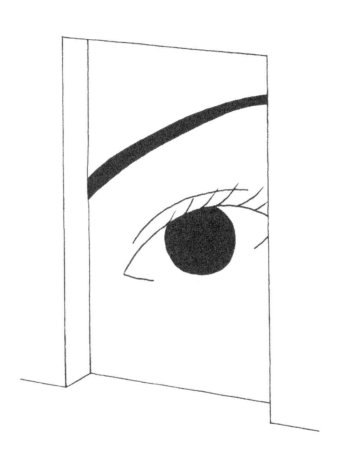

Con cada piedra que me tiran construyo mi fortaleza.

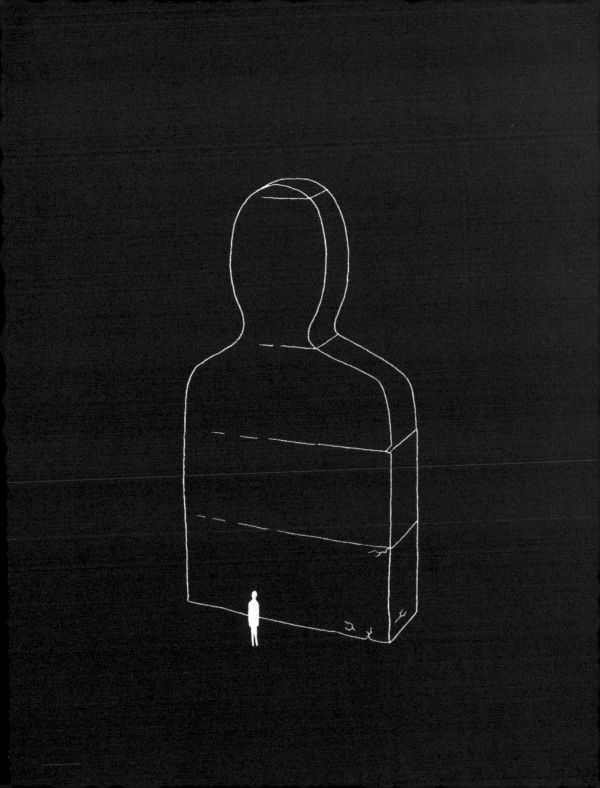

Se pensaron que queriéndonos estábamos manchando el mundo, pero tú y yo sabíamos que lo que hacíamos era limpiarlo.

Tengo una duda atrapada en el pecho como una flor encerrada en un bote de cristal: cuanto más crece, más duele.

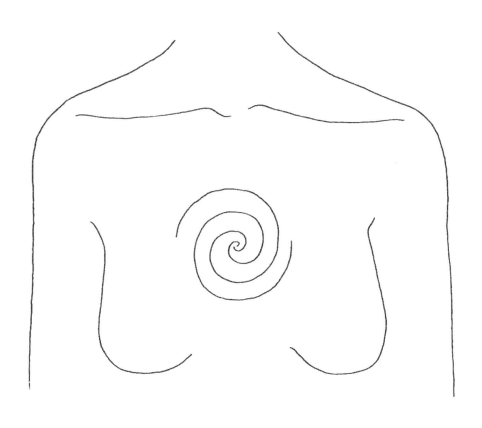

Voy a olvidarte. Si fui capaz de quererte en contra de todo, seré capaz de olvidarte con todo a favor. Es una cuestión de localización, de colocar los elementos disponibles en el lugar adecuado. Pondré todas las heridas consecuentes de los choques entre nuestros cuerpos –¿recuerdas esa vez que nos salimos de la carretera? Tus reproches iban a doscientos por hora y mis gritos no frenaron a tiempo– al lado de todos los recuerdos. Las voy a poner ahí, las heridas, al lado de ese hueso tuyo de la pelvis que me clavabas al hacer el amor. Yo me quejaba, nos reíamos y entonces te recolocabas para no hacerme daño y seguir el movimiento. Eso debe ser el amor, ¿no? Cambiarse continuamente de lugar. Y yo voy a olvidarte, tienes que saberlo, porque hace tiempo que estamos en el mismo sitio, que tu hueso no se mueve, que mi cuerpo no se aparta, que seguimos ancladas en este lugar que nos oprime y nos empuja a sus paredes. Voy a colocarlo todo junto, las heridas y los recuerdos, todo lo nuestro, en este espacio, para que ya no quede hueco libre para nosotras. El olvido llega cuando hay más recuerdos que sueños por delante.

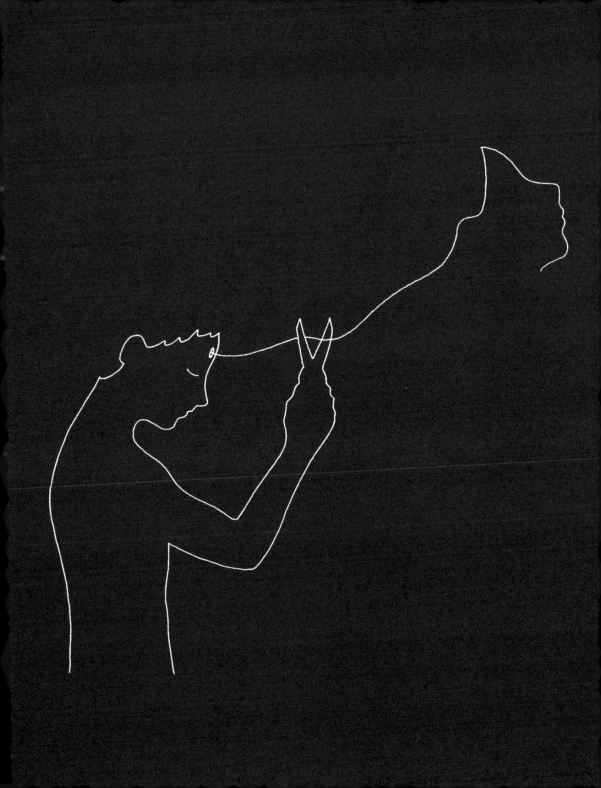

Me he sacado a bailar porque a veces hay que elegirse a uno mismo.

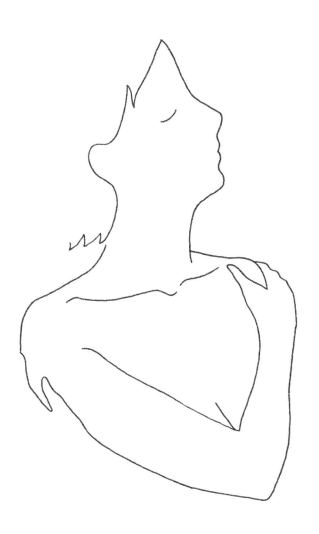

Las migajas no alimentan un corazón hambriento.

El amor es como el baile: para saber hacerlo hay que empezar siendo dos y terminar siendo sólo uno.

Que la tierra sea eso, tierra, y nunca más territorio.

Lo que convierte una huida en libertad
es la falta de puertas.

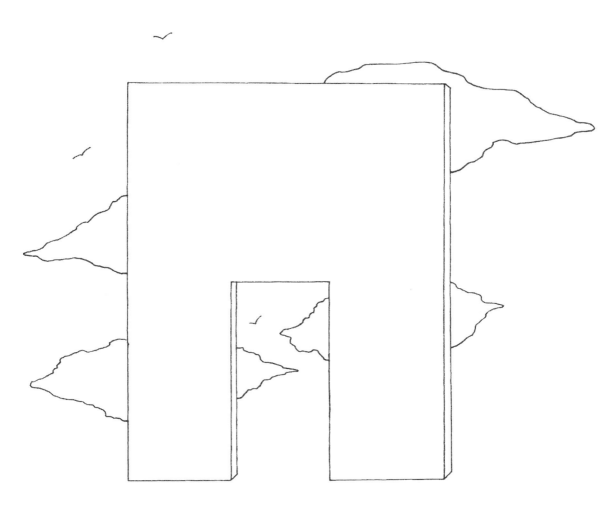

No sé cómo lidiar con esta nostalgia y esta falta de algo que decir, así que escribo para recordarme que una vez tuve todas las palabras en la punta de tu lengua.

Si estiro el brazo llego a la punta de tus dedos: eso es el amor.

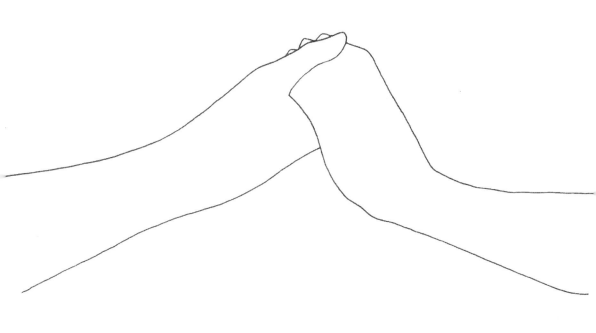

Nadie entiende que mi luz es otra, pero yo soy capaz
de ver lo que a otros les deja a oscuras.

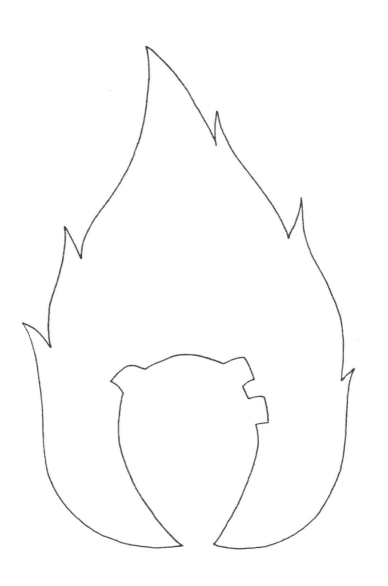

Intento ser un hogar: le doy mucha más importancia a la voluntad de querer volver que a la necesidad de quedarse.

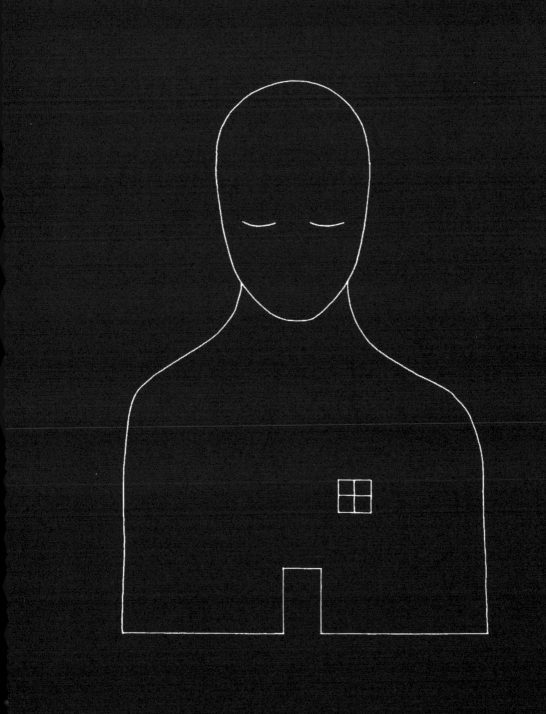

Miradnos.
Decidimos cambiar la dirección del puño
porque nosotras no nos defendemos:
nosotras luchamos.

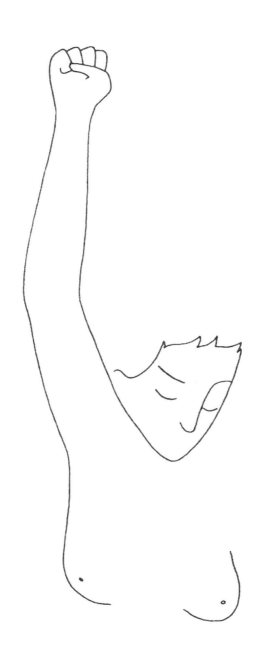

La poesía es lo que hay entre el silencio y esta lágrima.

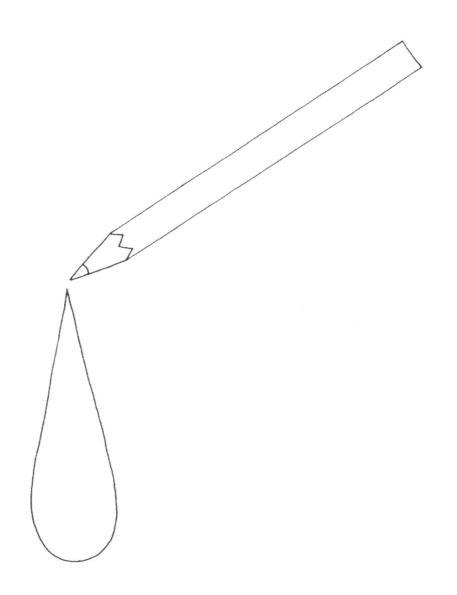

Quien huye de sí mismo nunca llegará a su destino.

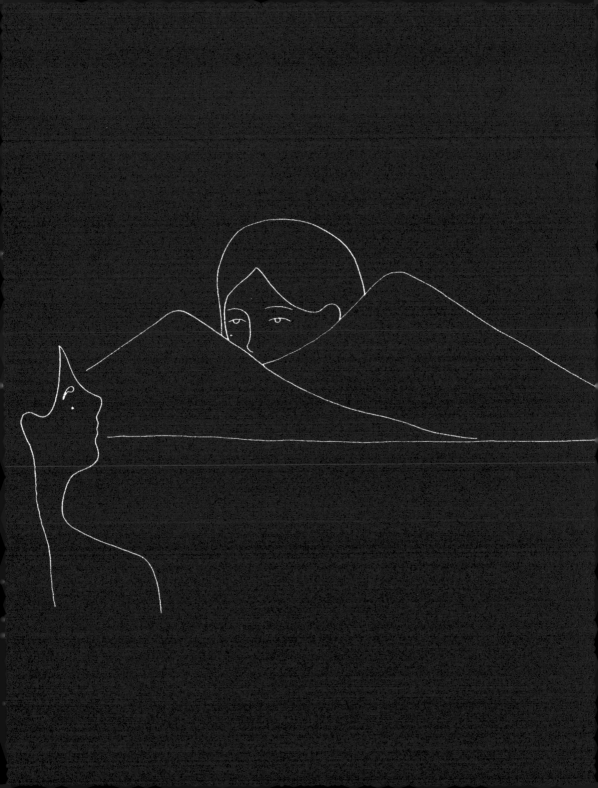

Castigáis el amor y lo único que conseguís son rebeldes con el corazón por bandera.

Contigo recuerdo lo que con otros olvido.

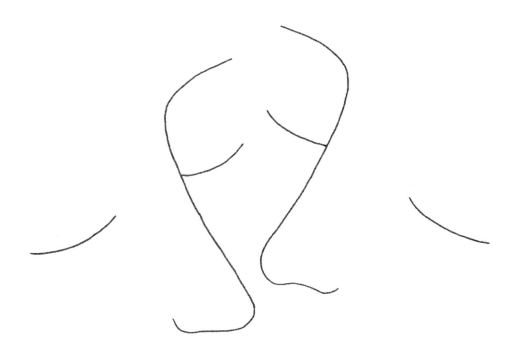

## Agradecimientos:

Este libro es una orilla compartida con Emiliano
Bastita, Emba, quien accedió con cariño y generosidad
a continuar el trazo de mis palabras con sus dibujos.
Es de los dos, amigo. Gracias por darme lo mejor de
ti y hacer realidad uno de mis sueños literarios desde
que vi por primera vez tus ilustraciones. Tienes ya un
hueco para siempre aquí a mi lado. Aunque nos separe
un océano, esta orilla ya es nuestra.

Gracias, Miranda Maltagliati, por un manejo
excepcional del barco. Siempre en tus manos.

Gracias, familia Sastre y Sanz. Nunca una palabra tuvo
tanto significado.

Gracias, Andrea Valbuena, por ser mi persona y
acompañarme en cada libro.

Gracias, Tanguito, por tantas tardes respirando sobre
mis piernas mientras escribía este libro. Aunque tu
ausencia me partiera en dos durante este proceso, estás

*Aquella orilla nuestra* Elvira Sastre

dentro de todas mis palabras. Te echo tanto de menos como te quiero, de manera salvaje.

Gracias al mar y a las orillas que sólo dejan lo bueno.

Gracias, Laia Zamarrón, Marta Latorre y Manuel Esclapez, por la confianza, por la paciencia, por ceder a todas mis peticiones, por aportar ideas fabulosas, por dedicarme vuestro tiempo y trabajo. Somos un equipo.

Gracias, Alfaguara y Penguin Random House, por recibirme con las puertas abiertas y hacerme sentir como en casa. Es todo un honor.

Gracias, bibliotecas y librerías, por llenarme los ojos de libros y hacer de la vida algo mucho más sencillo.

Y gracias a ti, siempre, por leer y leerme. Sin ti, no hay libro, y sin la lectura, no existimos. Gracias.